AF313501

TABLEAUX ANCIENS

OBJETS D'ART

CURIOSITÉ ET D'AMEUBLEMENT

Première Vente

CATALOGUE

DES

TABLEAUX ANCIENS

PRINCIPALEMENT

de l'École française du XVIIIᵉ siècle

des Écoles flamande et hollandaise

AQUARELLES — DESSINS — PASTELS

OBJETS D'ART

DE CURIOSITÉ ET D'AMEUBLEMENT

des XVIᵉ, XVIIᵉ et XVIIIᵉ siècles

Dépendant de la Collection de M. HENRY PENON

ET COMPOSANT LA PREMIÈRE VENTE QUI AURA LIEU

HOTEL DROUOT, SALLES Nᵒˢ 8 & 9

Les Jeudi 14 et Vendredi 15 Mai 1891

à 2 heures 1/4

Par le ministère de :

Mᵉ GEORGES BOULLAND	Mᵉ GEORGES DUCHESNE
COMMISSAIRE-PRISEUR	COMMISSAIRE-PRISEUR
26, rue des Petits-Champs, 26	6, rue de Hanovre, 6

Assistés de :

MM. HARO frères	M. A. BLOCHE
PEINTRES-EXPERTS	EXPERT PRÈS LA COUR D'APPEL
14, rue Visconti, 14	25, rue de Châteaudun, 25

EXPOSITIONS

PARTICULIÈRE	PUBLIQUE
Le Mardi 12 Mai 1891	**Le Mercredi 13 Mai 1891**
De 2 heures à 6 heures.	*De 1 heure 1/2 à 5 heures 1/2*

Le présent Catalogue se distribue à

Paris	Chez Me Georges Boulland, commissaire-priseur, 26, *rue des Petits-Champs.*
—	Chez M. Georges Duchesne, commissaire-priseur, 6, *rue de Hanovre.*
—	Chez MM. Haro frères, peintres-experts, 14, *rue Visconti, et 20, rue Bonaparte.*
—	Chez M. A. Bloche, expert près la Cour d'appel, 25, *rue de Châteaudun.*
Londres	Chez M. F. Davis, *New Bond Street,* 147.
—	Chez M. Georges Donaldson, *New Bond Street,* 105.
Francfort-sur-Mein.	Chez MM. Lowenstein frères, *Kaiserstrasse, 4.*
Amsterdam	Chez M. Boasberg, *Kalverstraat, 63.*
Rome	Chez M. Piatelli, *Via Funari, 34.*

CONDITIONS DE LA VENTE

Elle sera faite au comptant.

Les acquéreurs payeront, en sus des enchères, *cinq pour cent* applicables aux frais.

L'exposition mettant le public à même de se rendre compte de l'état et de la nature des objets, il ne sera admis aucune réclamation une fois l'adjudication prononcée.

Paris. — Imp. de l'Art, E. Ménard et Cie, 41, rue de la Victoire.

TABLEAUX

DÉSIGNATION

TABLEAUX

AARTSEN
(Attribué à PIERRE)

1 — *La Mort de la Vierge.*

Très intéressant tableau en bon état de conservation.

Bois. Haut., 1 mètre; larg., 51 cent.

BACHELIER

2 — *Vase de fleurs.*

Panneau décoratif.

Toile. Haut., 85 cent.; larg., 63 cent.

BOILLY

3 — *La Marchande de fleurs.*

Toile. Haut., 40 cent.; larg., 28 cent.

BOILLY

4 — *La Sortie de la cave.*

Signé à droite du monogramme.

Toile. Haut., 31 cent.; larg., 22 cent.

BOILLY

(D'après)

5 — *Scène d'intérieur.*

Toile. Haut., 99 cent.; larg., 75 cent.

BOTH

6 — *Paysage d'Italie.*

A droite, un grand bouquet d'arbres. A gauche, sur la route, un homme conduit deux mulets chargés de ballots.

Toile. Haut., 1 m. 22 cent.; larg , 1 m. 4 cent.

BOUCHER
(D'après)

7 — *Vénus venant chercher les armes d'Énée.*

Toile. Haut., 66 cent.; larg., 49 cent.

BOUCHER
(D'après)

8 — *La Nymphe Aréthuse poursuivie par le dieu de l'Alphée.*

BOUCHER
(École de)

9 — *Le Pigeonnier.*
Paysage.

Toile. Haut., 52 cent.; larg., 62 cent.

BOUCHER
(École de)

10 — *Le Moulin à eau.*
Paysage.

Toile. Haut., 81 cent.; larg., 1 mètre.

BOUCHER

(École de)

11 — *Le Contrat.*

Le messager Mercure présente à Vénus la plume afin qu'elle puisse signer le contrat.

Sous les traits de Vénus on croit reconnaître le portrait de la Guimard.

Toile. Haut., 73 cent., larg., 92 cent.

BREUGHEL

12 — *Le Village.*

Grand paysage de Hollande, animé de personnages, de charrettes. Effet d'hiver.

Bois. Haut., 1 mètre; larg., 1 m. 63 cent.

CHARDIN

(Attribué à)

13 — *Le Déjeuner.*

Toile. Haut., 36 cent.; larg., 45 cent.

CHARDIN

14 — *Portrait de petite fille.*

Toile. Haut., 37 cent.; larg., 28 cent.

CUYP

15 — *La Fontaine.*

Signé en haut sur le linteau de la pierre.

Bois. Haut., 49 cent.; larg., 41 cent.

DAVID

(Ecole de)

16 — *Portrait de femme.*

Toile. Haut., 64 cent.; larg., 54 cent.

DESHAYES

17 — *Nymphe surprise.*

Toile. Haut., 75 cent.; larg., 1 m. 20 cent.

2

DE TROY

18 — *Portrait de femme de qualité. Époque Louis XV*

Toile. Haut., 81 cent.; larg., 65 cent.

DREUX

(ALFRED DE)

19 — *Portrait de jockey.*

Toile. Haut., 73 cent.; larg., 61 cent.

DROUAIS

20 — *Portrait de femme.*

Elle est représentée assise près d'une table, les mains dans son manchon. Tournée vers la gauche, elle regarde le spectateur.

Toile. Haut., 81 cent.; larg., 65 cent.

DROUAIS

(École de)

21 — *Portrait de dame de qualité et de sa fille.*

Toile. Haut., 92 cent.; larg., 73 cent.

DUCREUX

22 — *Son portrait.*

Il s'est représenté riant, la main tendue en avant.

Toile. Haut., 81 cent.; larg., 65 cent.

EISEN

23 — *Jeunes Amours.*

Toile. Haut., 29 cent.; larg., 23 cent.

FRAGONARD

24 — *Le Marché.*

Charmante composition, animée de nombreux personnages, de voitures et d'animaux.

Toile. Haut., 80 cent.; larg., 1 m. 12 cent.

FRAGONARD

25 — *Portrait de Mme Fragonard.*

Bois. Haut., 19 cent.; larg., 15 cent.

FRAGONARD

(Attribué à)

26 — *Les Baigneuses.*

Bois. Haut., 31 cent.; larg., 24 cent.

FRAGONARD

(Attribué à)

27 — *La Duchesse de Polignac, gouvernante du Dau-phin, dans les jardins du Petit-Trianon.*

Toile. Haut., 56 cent.; larg., 46 cent

FRAGONARD

(École de)

28 — *Le Verrou.*

Répétition de l'époque du tableau célèbre de Frago-nard. Certaines parties paraissent être du maître.

Toile. Haut., 73 cent.; larg., 92 cent.

GÉRICAULT

(Attribué à)

29 — *Épisode de la guerre d'Espagne sous le premier Empire.*

Toile. Haut., 38 cent.; larg., 59 cent.

GIRODET

30 — *L'Inspiration de l'amour.*

Toile. Haut., 20 cent.; larg., 16 cent.

GREUZE
(École de)

31 — *Portrait d'homme. Époque Louis XVI.*
Ovale.

Toile. Haut., 80 cent.; larg., 64 cent.

GREUZE
(École de)

32 — *Portrait d'homme.*
Ovale.

Toile. Haut., 63 cent.; larg., 48 cent.

GREUZE
(D'après)

33 — *Jeune Enfant.*

Carton. Haut., 43 cent.; larg., 27 cent.

HEINSIUS

34 — *Portrait d'un artiste.*

Il est représenté vu de trois quarts, tourné vers la droite, tenant un porte-crayon à la main.

Signé en haut à droite et daté 1788.

Toile. Haut., 72 cent.; larg., 60 cent.

HEINSIUS

35 — *Portrait de la princesse de Lamballe.*

Ovale.

Toile. Haut., 96 cent.; larg., 80 cent.

HUBERT-ROBERT

36 — *Vue d'un temple. Ruines et personnages.*

Signé à droite et daté 1805.

Toile. Haut., 1 m. 13 cent.; larg., 1 m. 41 cent.

HUBERT-ROBERT

37 — *Les Lavandières.*

Signé à droite et daté 1791.

Toile. Haut., 1 m. 8 cent.; larg., 1 m. 37 cent.

HUBERT-ROBERT

38 — *La Fontaine.*

Toile. Haut., 95 cent.; larg., 63 cent.

HUBERT-ROBERT

39 — *Entrée de palais.*

Pendant du précédent.

HUBERT-ROBERT

40 — *Intérieur d'un temple.*

Toile. Haut., 33 cent.; larg., 45 cent.

HUBERT-ROBERT

41 — *La Piscine.*

Toile. Haut., 33 cent.; larg., 45 cent.

HUBERT-ROBERT

42 — *Portrait de Mme ***.*

Toile. Haut., 3o cent.; larg., 24 cent.

HUBERT-ROBERT

43 — *Une Terrasse.*
Paysage.

Toile. Haut., 25 cent.; larg., 40 cent.

HUBERT-ROBERT
(Attribué à)

44 — *Fontaine monumentale.*

Toile. Haut., 82 cent.; larg., 64 cent.

HUBERT-ROBERT
(Attribué à)

45 — *Les Grottes.*

Toile. Haut., 56 cent.; larg., 40 cent.

HUET

46 — *Symbole d'amour.*

Toile. Haut., 68 cent.; larg., 57 cent.

JEAURAT

47 — *Portrait de grande dame en travesti.*
Elle est représentée accoudée contre un tertre et tenant
une quenouille entre ses bras.

Toile. Haut., 79 cent.; larg., 63 cent.

LANCRET
(?)

48 — *Les Jardiniers.*

Toile. Haut., 78 cent.; larg., 72 cent.

LANCRET
(?)

49 — *Le Bouquet.*

Toile. Haut., 63 cent.; larg., 85 cent.

3

LARGILLIÈRE

(Attribué à)

5o — *Portrait de Marc-Réné d'Argenson.*

Toile. Haut. 65 cent.; larg., 55 cent.

LARGILLIÈRE

(École de)

5i — *Portrait de femme de qualité. Époque Louis XIV.*

Toile. Haut., 64 cent.; larg., 5o cent.

LAWRENCE

52 — *Portrait d'un officier anglais.*

Toile. Haut., 76 cent.; larg., 63 cent.

NATTIER

(École de)

53 — *Portrait de dame de qualité. Époque Louis XV.*

Elle est représentée richement parée, vêtue d'une robe blanche avec un manteau d'hermine, assise sur un trône auprès d'une colonne d'un palais.

Toile. Haut., 1 m. 17 cent.; larg., 9o cent.

NATTIER
(École de)

54 — *Portrait de jeune fille*.

Représentée en Hébé, une gracieuse jeune fille tient d'une main une coupe dans laquelle elle va verser à boire.

Ovale.

Toile. Haut., 80 cent.; larg., 65 cent.

PORTE
(ROLAND DE LA)

55 — *Brioche*.

Ovale.

Toile. Haut., 40 cent.; larg., 32 cent.

QUENTIN METSYS
(École de)

56 — *Descente de croix*.

Tableau très intéressant.

Bois. Haut., 78 cent.; larg., 67 cent.

REYNOLDS

57 — *Portrait d'un ambassadeur*.

Toile. Haut., 70 cent.; larg., 60 cent.

RICKAERT
(DANIEL)

58 — *Le Fumeur.*

Cuivre. Haut., 33 cent.; larg., 27 cent.

ROTTENHAMER

59 — *Vénus et Adonis*

Cuivre. Haut., 20 cent.; larg., 17 cent.

RUYSDAEL
(SALOMON)

60 — *Bords de la Meuse.*

Bois. Haut., 21 cent.; larg., 26 cent.

TÉNIERS
(École de)

61 — *Route de village.*

Bois. Haut., 40 cent.; larg., 56 cent.

TOURNIÈRES

62 — *Portrait d'homme. Époque Louis XIV.*

Toile. Haut., 80 cent.; larg., 64 cent.

VAN LOO

63 — *Portrait de dame.*

Elle est représentée en déshabillé du matin, assise auprès d'une table de travail, les mains cachées sous son mantelet.

Toile. Haut., 81 cent.; larg., 65 cent.

VAN LOO

64 — *Diane et ses nymphes.*

Toile. Haut., 1 m. 3 cent.; larg., 1 m. 64 cent.

VAN DE VELDE
(Attribué à A.)

65 — *La Cabane rustique.*

Paysage avec figures et animaux.

Toile. Haut., 98 cent.; larg., 81 cent.

VESTIER

66 — *Portrait de femme. Époque de la Révolution.*
Ovale.

Toile. Haut., 64 cent.; larg., 53 cent.

WEENIX

67 — *Paysage avec figures et animaux.*

Au premier plan, à gauche, un jeune garçon joue avec un chien ; plus loin, une femme trait une chèvre auprès d'un troupeau de moutons. Au second plan, des cavaliers et des bestiaux franchissent un pont jeté sur la rivière.

A droite, les ruines d'un temple auprès desquelles est une masure servant d'étable.

Signé à gauche.

Toile. Haut., 1 m. 40 cent.; larg., 1 m. 82 cen*.

WOUWERMANN
(PIERRE)

68 — *Rendez-vous de chasse.*

Toile. Haut., 44 cent.; larg., 57 cent.

WATTEAU

69 — *L'Hymen.*

    Projet de décoration.

Papier. Haut., 34 cent.; larg., 22 cent.

WATTEAU
(?)

70 — *Mariage présumé du duc de Bourgogne.*

    Belle esquisse.

Toile. Haut., 35 cent.; larg., 55 cent.

ÉCOLE ANGLAISE

71 — *Portrait de femme. Époque de la Restauration.*

Toile. Haut., 76 cent.; larg., 63 cent.

ÉCOLE FRANÇAISE

72 — *Portrait de femme.*

    Elle est représentée près d'une fenêtre, tenant un livre à la main et vêtue d'un déshabillé du matin.

    Beau portrait.

Toile. Haut., 74 cent.; larg., 59 cent.

ÉCOLE FRANÇAISE

73 — *Portrait de femme. Époque de la Révolution.*
Ovale.

Toile. Haut., 73 cent.; larg., 60 cent.

ÉCOLE FRANÇAISE

74 — *Bouquet de fleurs.*
Ancien panneau de voiture.

Bois. Haut., 66 cent.; larg., 56 cent.

ÉCOLE FRANÇAISE

75 — Pendant du précédent.

Bois. Haut., 66 cent.; larg., 56 cent.

ÉCOLE FRANÇAISE

76 — *Portrait de femme. Époque Louis XV.*
Ovale.

Toile. Haut., 65 cent.; larg., 53 cent.

ÉCOLE FRANÇAISE

77 — *La Frileuse.*

Toile. Haut., 64 cent.; larg., 54 cent.

ÉCOLE FRANÇAISE

78 — *La Diseuse de bonne aventure.*

Bois. Haut., 35 cent.; larg., 42 cent.

ÉCOLE FRANÇAISE

79 — *La Rafale.*

Bois. Haut., 33 cent : larg., 36 cent.

ÉCOLE FRANÇAISE

80 — *Portrait de femme. Époque de la Révolution.*
Ovale.

Toile. Haut., 32 cent.; larg., 26 cent.

4

ÉCOLE HOLLANDAISE

81 — *Portrait d'un personnage.*

Vêtu de noir, coiffé d'une toque. Il est représenté debout, la main gauche appuyée sur la hanche; il tient ses gants de la main droite.

Bois. Haut., 1 m. 75 cent.; larg., 83 cent.

ÉCOLE HOLLANDAISE

82 — *Portrait d'une dame de qualité.*

Elle est debout, grandeur nature, vêtue d'une robe avec manches de velours grenat, et tient ses gants à la main.

Ce portrait fait pendant au précédent et représente la femme de ce personnage.

Bois. Haut., 1 m. 75 cent.; larg., 83 cent.

ÉCOLE HOLLANDAISE

83 — *Bord de rivière.*

Bois. Haut., 55 cent ; larg., 00 cent.

ÉCOLE ITALIENNE

84 — *Siège de ville.*

Toile. Haut., 75 cent.; larg., 1 mètre.

ÉCOLE ITALIENNE

85 — *Portrait d'un musicien.*

Toile. Haut., 77 cent.; larg., 59 cent.

---

86 — Sous ce numéro seront vendus les tableaux
non catalogués.

AQUARELLES

DESSINS & PASTELS

AQUARELLES

DESSINS ET PASTELS

CHARDIN
(Attribué à)

87 — *Nature morte.*
  Pastel.

SPAENDONCK
(G. VAN)

88 — *Fleurs dans un vase.*
  Signé en bas.
  Aquarelle.

FRAGONARD

(Attribué à)

89 — *La Toilette de Vénus.*
Sépia.

HUBERT-ROBERT

90 — *Le Dessinateur.*
Sanguine.

HUET

(J. B.

91 — *Vase de fleurs.*
Aquarelle.

HUET

(J. B.)

92 — *Chaumière en forêt.*
Dessin rehaussé d'aquarelle.

HUET

93 — *Chèvre et Moutons.*
    Sanguine.

HUET

94 — *La Fontaine.*
    Gouache.

MALLET

95 — *Confidence.*
    Gouache.

MOREAU
(Attribué à)

96 — *Chasseurs.*
    Dessin rehaussé de gouache.

MOREAU

(Attribué à)

97 — Sujet tiré de *la Jérusalem délivrée*.
Dessin rehaussé de gouache.

ÉCOLE FLAMANDE

98 — *Paysage avec figures et animaux.*

99 — Pendant du précédent.
Gouaches.

ÉCOLE FRANÇAISE

100 — *Portrait d'homme. Époque Louis XVI.*
Forme ronde.
Dessin mine de plomb.

ÉCOLE FRANÇAISE

101 — *Portrait de femme. Époque Louis XV.*
Dessin aux trois crayons.

ÉCOLE FRANÇAISE

102 — *Portrait d'un artiste.*
Dessin aux trois crayons.

ÉCOLE FRANÇAISE

103 — *Portrait de femme. Époque de la Révolution.*
Dessin rehaussé de gouache.

ÉCOLE FRANÇAISE

104 — *Le Jeu du roi.*
Éventail. Époque Louis XIV.
Gouache.

ÉCOLE FRANÇAISE

105 — *Intérieur d'une pharmacie.*
Gouache.

ÉCOLE FRANÇAISE

106 — *Prise de la Bastille.*
Gouache.

ÉCOLE FRANÇAISE

107 — *Portrait présumé de Mlle Sainval.*
Pastel.

ÉCOLE FRANÇAISE

108 — *La Coquette.*
Pastel.

ÉCOLE FRANÇAISE

109 — *Portrait de femme. Époque Louis XVI.*
Pastel.

ÉCOLE FRANÇAISE

110 — *Portrait de femme.*
Ovale.
Pastel.

ÉCOLE FRANÇAISE

111 — *La Musique.*
Pastel.

ÉCOLE FRANÇAISE

112 — *Petite Fille.*
Pastel.

ÉCOLE FRANÇAISE

113 — *Le Concert.*
Sépia.

114-115 — Sous ces numéros seront vendus les dessins
et pastels non catalogués.

OBJETS D'ART

DE

CURIOSITÉ

ET

D'AMEUBLEMENT

DÉSIGNATION DES OBJETS

MAJOLIQUE D'ANDREA DELLA ROBBIA

116 — Très important panneau en terre émaillée d'Andrea della
Robbia, monumental et cintré dans le haut. Il représente en
haut-relief : la sainte Vierge et l'Enfant Jésus debout sur
ses genoux, ayant près d'elle saint Jean tenant une banderole
et en adoration. Le fond, dessin à carrelages ; le fronton offre
le couronnement de la Vierge par les anges éclairé par le Saint-
Esprit, l'encadrement une suite de fruits, de fleurs et de feuillages. Sur le devant, au pied du groupe principal, on lit :
SVB · TVVM PRESIDIVM CONFVGIMIS SANCTA · DEI · GENITRIX. Et d'un
côté au-dessous : AL TEMPO DI GIOVACHINO MACIGNI ; de l'autre :
P · ANNO · DNI · NOSTRI · IHV · XPI · M.D.XXIII.

Haut., 2 m. 15 cent.; larg., 1 m. 50 cent.

A figuré à l'Exposition universelle de 1889. Sculpture, sec-
tion II, Palais des Arts libéraux, où M. Charles Yriarte, inspecteur général des Beaux-Arts, vu le mérite qu'il reconnaissait à
l'objet, lui fit réserver la place d'honneur.

6

Extrait du certificat d'origine du panneau d'Andrea della Robbia ci-dessus désigné :

Le 3 janvier 1882, dans la Villa Martelli, près Vinci.

Les soussignés, Louis et Robert Martelli, domiciliés dans la commune de Vinci, province de Florence, certifient :

Que jusqu'à ce jour ils ont été propriétaires d'un haut-relief de Della Robbia en terre cuite, revêtue de couleurs, représentant la Vierge, l'Enfant Jésus et saint Jean, avec deux anges en haut, et contournés d'une couronne de feuilles, fleurs et fruits.

Que ledit haut-relief, depuis un temps immémorial, est placé dans un petit temple annexé à leur Villa de Borgo, près Vinci.

Qu'enfin le haut-relief ci-dessus décrit a été vendu ce jour même à M. ....

En foi de quoi ont signé :

Louis Martelli.

Robert Martelli.

Vinci, le 3 janvier 1882.

Vu pour la légalisation des signatures de Louis et Robert Martelli.

Pour le syndic,

L'assesseur,

Signé : F. Salvi.

SCULPTURES

117 — Buste en marbre : Femme drapée, époque Louis XIV; sur socle en marbre rouge.

118 — Groupe équestre en marbre : Enfant assis sur une chèvre; socle en bronze doré. Style Louis XVI.

119 — Grand groupe : *la Source*, représentée par une femme couchée caressant un dauphin, en marbre et formant fontaine. Époque Louis XIV.

120 — Groupe en marbre : Deux enfants et dauphin, formant fontaine. Époque Louis XIV.

121 — Deux grandes statues d'enfants-supports en marbre blanc. Époque Louis XIV.

122 — Groupe en terre cuite, époque Louis XVI : Petits faunes mangeant des raisins; socle en bronze doré.

123 — Groupe en terre cuite, époque Louis XVI : Enfant et petit faune donnant à manger à un chien; socle en bronze doré.

124 — Belle statue de l'époque, en terre cuite : *Hébé* debout, de Saly. Signée et datée 1756; montée sur socle en bronze ciselé et doré.

125 — Petit buste en marbre : *le Regent*, attribué à Lemoine; sur socle en marbre bleu turquin.

126 — Deux sphinx couchés, en terre de Wedgwood.

IVOIRES

127 — Très beau Christ en ivoire, œuvre de sculpture d'un admirable sentiment attribuée à Bernini.

Haut., 38 cent.

Nous croyons intéressant d'indiquer que M. Charles Yriarte, inspecteur général des Beaux-Arts, en demandant ce précieux objet pour l'Exposition universelle de 1889, lui promettait la place d'honneur dans la vitrine des Ivoires.

BRONZES D'ART ET D'AMEUBLEMENT

128 — Très remarquable vide-poche en vermeil et bronze finement ciselé et doré, forme brûle-encens, supporté par trois sphinx posés sur des cariatides à griffes de lions. La coupe, en vermeil, offre au centre un médaillon : *l'Enlèvement d'Hélène* ; autour, se dessinent, dans le marli, des médaillons : figures allégoriques de fleuves entre des arabesques reliées à des torchères fleuries et au pied desquels des sirènes font sauter des chevaux marins. Le bord présente des médaillons à figures de dieux et de déesses, des enfants courant au milieu d'arabesques.

Le bandeau ainsi que le socle sont en lapis-lazuli, garni de bronze doré. La coupe levée, l'objet se transforme en lavabo avec sa double cuvette en argent. Travail d'une grande finesse de ciselure, de *Thomire*. Provient de l'ancien mobilier personnel de l'empereur Napoléon Ier.

129 — Très beau cartel en bronze doré du temps de Louis XV,

grand modèle à rocailles, couronné par un amour. Cadran
signé : *Jean-Baptiste Baillon*. — Haut., 1 mètre.

130 — Jolie pendule à cage, forme monument, couronnée par
l'autel de l'Amour, en bronze finement ciselé et doré, ornée
de chutes de fleurs, de bas-reliefs jeux d'amours. Modèle
rare. — Haut., 51 cent.

131 — Pendule forme monument, à co'onnes détachées en
marbre, avec chapiteaux, bas-reliefs et frises en bronze
ciselé et doré. Sur la façade, au-dessous du cadran, signé
Langfroy, un accouplement de sphinx et un médaillon en
biscuit de Sèvres : *Vénus et l'Amour*. Époque Louis XVI. —
Haut., 37 cent.

132 — Paire de beaux vases en bronze avec anses à tortillons,
ornés sur la panse de mascarons et de tortes guirlandes de
lauriers ; culots à feuilles d'eau. Époque fin Louis XVI. —
Haut., 82 cent.

133 — Deux bustes en bronze doré : personnages en armure, sur
socles en bois montés en bronze avec cartouches sur lesquels
on lit pour le premier : *Gvilielmus Raymvndvs. Moncata.
Hvivs, nominis II. Augusti Comes*. Pour le second : *D'Anto-
nivs de Moncata. Hvivs nominis II IN Comitat vademioni
et II et etiam in comitatu caltanisetae*.

134 — Deux heurtoirs de portes en bronze, patine claire, formés
par des mains surmoulées de celles de la Guimard et prove-
nant de l'ancienne demeure de la célèbre danseuse.

135 — Deux vases en marbre jaspe brun d'Orient, richement

montés en bronze doré à rocailles feuillagés formant brûle-
parfums.

136 — Paire de beaux candélabres formés par des vases en
marbre veiné d'Orient, sculptés à côtes tournantes, richement
montés en bronze doré à cinq lumières. Louis XVI.

137 — Beau cartel en bronze doré, époque Louis XVI, modèle à
cariatides de femmes, couronné par un brûle-parfums enguir-
landé de laurier.

138 — Paire de beaux bras d'appliques à trois lumières, en bronze
doré, surmontés de vases enguirlandés de laurier et ornés de
feuillages. Époque Louis XVI.

139 — Pendule forme monument en bronze doré avec bas-relief
jeu d'amours; socle en marbre. Époque Louis XVI.

140 — Paire de candélabres à trois lumières forme brûle-parfums
supporté par des cariatides de béliers; socles en marbre blanc.
Louis XVI.

141 — Pendule d'applique avec socle en marqueterie de Boule,
garnie de bronzes dorés, mascarons, moulures à feuillages et
ornements de l'époque Louis XIV.

142 — Deux jolies statuettes en bronze patine foncée : *l'Été et
l'Automne;* socles en porphyre oriental. Époque Louis XVI.

143 — Deux robinets de salle de bain en bronze finement ciselé à
têtes de cygnes, avec embases à feuilles d'acanthe et chutes de
fleurs. Époque Louis XVI.

OBJETS DE CURIOSITÉ

144 — Bas-relief sur étain représentant *le Sommeil des nymphes*,
d'après Boucher et de l'époque. Encadré.

145 — Joli petit plat ovale en fer repoussé et incrusté d'or, représentant au milieu une allégorie à la vie de Diane et sur le
bord des groupes d'enfants, des enroulements et des mascarons.
xvie siècle. Dans son écrin ancien doré au petit fer.

146 — Joli plateau octogone composé de compartiments en verre
peint et émaillé, offrant, au milieu, Orphée entouré d'animaux de toutes espèces ; les autres médaillons représentent des
corbeilles de fleurs, de fruits et des oiseaux. Monture en cuivre
finement repercé et doré enrichie de pierreries. Travail flo-
rentin du xvie siècle.

MEUBLES

147 — Très remarquable canapé de forme dite Pompadour du
temps de Louis XV, en bois sculpté et doré d'une délicatesse
rare, dessin à fleurs sur fond ensoleillé et coquilles reliées par
des ornements. Dessus de rampe et revers à feuilles de choux
rocailles. Le fronton du dossier, à bouquet de lis, œillet et
rose, fleurs emblématiques de la royauté, dont se détachent
des branches fleuries et de feuillages. Les accotoirs se ter-
minent par d'élégants contours. En bas, dans le milieu, un
bouquet de fleurs ; les pieds ainsi que le bandeau de forme
contournée sont décorés de rocailles et de fleurettes. Couvert

en soie brochée à grands ornements et fleurs polychromes sur fond vert.

Ce canapé provient de l'ancien mobilier royal de la marquise de Pompadour. Dans la doublure de la garniture on retrouve l'estampille qui en atteste   .

Il mérite d'être particulièrement signalé pour sa conservation et comme document précieux pour l'histoire de l'ameublement du temps.

148 — Grande et belle armoire en noyer finement sculpté, s'ouvrant à deux portes, offrant sur chacune d'elles des cartouches à cornes d'abondance et volutes feuillagées, des encadrements à contours avec des branches de laurier L'entredeux à piécettes enfilées, les côtés à chutes de laurier; le bas à guirlandes, arabesques et rinceaux; le fronton à écusson, avec gerbes et couronne de laurier dont se détachent des jetées de roses; la corniche à feuillages et rubans font de ce meuble un spécimen intéressant dans l'espèce. Époque Louis XV. — Haut., 2 m. 54 cent.; larg., 1 m. 62 cent.

149 — Bureau en bois noir incrusté d'ivoire, garni d'ornements en fer repoussé, supporté par huit pieds reliés par des croisillons. Époque Louis XIII.

150 — Torchère en bois sculpté, à trois faces, ornée de feuillages et de guirlandes de fleurs; pieds à consoles renversées et à volutes. Époque Louis XIV.

151 — Console en bois sculpté et doré du temps de Louis XV.

152 — Console en bois sculpté et doré ornée de guirlandes de fleurs; dessus en marbre brocatelle. Louis XVI.

153 — Commode époque Louis XVI en bois d'acajou satiné, à
côtés cintrés, garnie de bronzes dorés, chutes, encadrements
et figures. Dessus en marbre rouge veiné blanc.

154 —· Meuble à deux corps en bois sculpté, s'ouvrant à quatre
portes, offrant en bas-relief des allégories des Saisons.
XVIᵉ siècle.

155-156 — Deux petits canapés en bois sculpté et doré Louis XVI,
couverts en soie grise brochée à fleurs.

157 — Très belle jardinière de forme rectangulaire, en bois
sculpté rehaussé d'or par partie, représentant des tournois,
des combats de cavaliers et une allégorie à une légende diabo-
lique. Les montants offrent des groupes et des statuettes sculptés en très haut-relief. L'intérieur est garni de velours rouge
et clouté de cuivre. Travail intéressant du XVIᵉ siècle. —
Long., 73 cent.; haut., 33 cent.; larg., 63 cent.

RED. :

22

graphicom

BIBLIOTHEQUE NATIONALE DE FRANCE

****

CHATEAU DE SABLE

1996

9 782329 212401